燕赵秀林丛书·文学

杜撰之花

艾蔻 著

河北出版传媒集团
河北教育出版社

艾蔻

原名周蕾，鲁迅文学院第三十一届中青年作家高研班学员，参加《诗刊》社第三十三届青春诗会、《十月》杂志第九届十月诗会。获第八届长征文艺奖、第十九届华文青年诗人奖、第五届中国出版政府奖图书奖、第十届扬子江诗学奖等。出版诗集《有的玩具生来就要被歌颂》《亮光歌舞团》、传记文学《黄继光》。

燕赵秀林丛书·文学

序言

　　人才兴则事业兴、人才强则国家强，人是事业发展最关键的因素。文艺事业要实现繁荣发展，就必须培养人才、发现人才、珍惜人才、凝聚人才，培育造就大批德艺双馨的文学艺术家和规模宏大的文化文艺人才队伍，构建出成果和出人才相结合的工作格局。

　　为了进一步推动文艺人才培养和队伍建设，打造一支德艺双馨的文艺冀军，河北省坚持以习近平文化思想为指导，组织实施了文艺名家推出工程、中青年文艺人才"秀林计划"、文艺后备人才"春苗行动"、文艺名家情系河北"故乡创作计划"，构建起文艺人才培养的四梁八柱，形成了老中青梯次衔接、省内外交相辉映的文艺人才格局。在各界共同努力下，河北的文艺人才如雨后春笋般不断涌现，全省文艺事业呈现出蓬勃发展的繁荣景象。

　　作为中青年文艺人才"秀林计划"的重要内容，省委宣传部会同省文联、省作协开展了"燕赵秀林丛书"的编辑出版工作，将按照"一人一书"或者"一类一书"

的原则，为我省优秀中青年人才出版代表性作品，并配套开展作品研讨、专场演出、展览展示和媒体宣传等活动，形成文艺人才培养、宣传、使用一体化格局，努力推动更多优秀中青年人才脱颖而出，在新时代的文艺道路上挑大梁、当主角。首批图书，将为11位青年作家各出版一部文学作品选集，并从戏剧、音乐、美术、曲艺、舞蹈、民间文艺、摄影、书法、杂技、影视、文艺评论等11个艺术门类中各遴选中青年艺术家代表，分别出版一部优秀作品合集。

青年是事业的未来。只有青年文艺工作者强起来，文艺事业才能形成长江后浪推前浪的生动局面。希望此次入选的中青年优秀人才，能以出版"燕赵秀林丛书"为新的起点，再接再厉、接续奋斗，立足河北丰厚的历史文化资源，聚焦中国式现代化在河北可视可感可行的火热实践，创作推出更多充满时代气息、具有河北特色的精品力作。也希望全省的作家、艺术家们，既秉持学习前人的礼敬之心，更树立超越前人的竞胜之心，增强自我突破的勇气，迈向更加广阔的创作天地，努力攀登新时代文艺新高峰！

丛书编委会

2024 年 9 月

目录

第一辑　因陈旧而趋于完整

第二辑　夕阳是件无法挽留的事

第三辑　莲花

第四辑　从杉树坳到白水塘路

目录

第一辑

因陈旧而趋于完整

黑曜石

有些句子像是上过绞刑架
才写出来的
枕木拧出铁汁
火车颠倒四季
有些分行那么吃力
需要燃尽一个世纪的松枝

钥匙兀自转动
始终无法将门锁开启
诗人平躺在黑暗中，等待
更深的黑

光亮游走山谷间
一叶扁舟，窗明几净
一首诗，戴着珍珠项链

丁达尔效应

他用惊叹的语气描述童年：
光线自瓦缝漏下，点亮屋内灰尘
仿佛置身宇宙港湾
白而纯净的小太阳
数也数不清……

丁达尔效应，是的
若粒子大小与光波波长相当
就会发生光的散射
当然，打动他的并非光学原理

当卑微的事物被照耀
甘愿将自身也化作光源
那时你恰好抬起头
就会发现，光
竟然有了形状和姿态

盛夏逐雪

在这里，飞行成为一种本能
只要我张开双臂
就能虚构出真实的翅膀
气流上升，雪野急速下坠
撼动着千里之外砸向礁石的海浪

俯瞰群山需要一台显微镜
当我眯缝着眼睛
独自穿越它巨大而精美的暗区
用力量之外的力量
三秒钟，捕获一个世纪

锐角，弧线，精准度
远古时期的仪表盘，一枚炮弹
携带喜马拉雅山雪人的碱基序列
奋力奔往生命极盛处
又在即将破碎时凝结成冰

缓慢流动是另一种燃烧
因迟钝而略显忧郁

在这里，我想念更为陡峭的冰川

蝉蜕默默俯身

空等着新的夏季

拾捡

有人抓到了海胆

绿色塑料桶中，还有海葡萄

牡蛎、寄居蟹

我们却两手空空

在礁石缝里打捞着虚无

浪花与沙子

水银般滚落掌心

被遗忘的孩子翻动珊瑚丛林

闪闪发光的下面

是玻璃碎片和死去的海螺

最小的海螺

他决定交给马尾松

三百万年后

有人捡到了琥珀

因陈旧而趋于完整

一
夏季的消亡
始于一座冰川的消亡
冰川的形成
始于一片雪花对大地的误读

秋雨打湿常春藤
墨绿色染上了拖延症
咖啡用苦涩构建居所
花岗岩默许了流动的内心

山泉具有磁性
谎言属于瓷器
逗号酝酿出悬崖与风暴
句点制造无尽漩涡

有的人热衷于缘木求鱼
有的鱼向往沙漠
裁缝俯身于布匹涛涛
乌鸦曾以神的语言歌唱

二

真正伟大的逃亡

敢于暴露行踪

悬崖边，自杀者决定重启人生

兔子冲过来跳了下去

寄居密纹的虫子被唱针刺破

声声惨叫组成旋律

蟑螂躲过了狙击手的拖鞋

在十字准星中安度余生

只要柳叶足够轻盈

我们就继续歌颂

只要指北针还在转动

我们就继续歌颂

万物涌向大海

唯独大海天真如初

以及另一种可能

窗帘开合操纵着世界的有无

三

格子衬衣认识偷钢笔的人

黄金笔尖写下昂贵又蹩脚的诗句

三十九岁的少女

泡进福尔马林的少女心

9

思念的形状

是游不到对岸的河的形状

当流浪者厌倦了孤独

随便走进一所房屋，爱情就会发生

接吻时爱情是多余的

奔跑时速度是多余的

每天睡够八小时

可保持善良与幽默

一个梦无法被三整除

另一个梦钥匙堵住了电源孔

黑桃七梦到有人咬它尾巴

醒来变成了梅花七

四

月亮反复降临

因为每个夜晚都有所不同

当月亮投出匕首

镜子听起来像金属碎片

杀人犯也有小时候

持刀抢劫的手也叠过纸飞机

早熟儿童拆掉了公园

低鸣的夏虫飞进了帐篷

2013 年未完成的诗句

拖到现在，因陈旧而趋于完整

瘦弱的女人摔倒在地

仿佛海螺失去回声

她想继续歌颂

只要皱纹还保持微笑

她想继续歌颂

只要此刻光还在玻璃中

画诗

流云将月亮泡化了
地上有棵橄榄树
创造它们需要颜料四种
群青、中绿、桔铬黄
以及篝火余烬熏制的夜来香

步甲属虎豹之眼
需酌量添加重金属与岩盐
从一只触角的颤动开始
画笔逐渐隐匿

无须纠结什么是什么
什么像什么
理解并享受这场似是而非
画布上永远有个缺席者
正如完美的诗句从不肯现身

风车

坐高铁时会想起

飞鸟掠过头顶也会想起

在石家庄裕西公园散步

或者在兴隆热带植物园跑步

都会想起，风车

想起巨大的风车慢慢旋转

用熟悉的、令人感到安全的方式

想起带动风车旋转的力

以及风车旋转所产生的力

何等强大又何等坚定

想起它周而复始地旋转，旋转

以致于

不肯想象它停下来的样子

以致于失眠的夜里

往事涌上心头

有时是风车，有时什么都不是

约等于

三十三只滑轮，可提供

介于螺与蜻蜓的飞行

甘露在叶脉中流淌

携带着大约七百万种焦虑

独一无二的蓝色

一定存在过

正如遥远的石炭纪

巨型蝎子曾统治密林

它们亮出毒刺

向四周猎物传递颤抖与爱意

这爱，源于死亡

永恒且唯一的生机

三亿年后依旧

人类对爱充满好奇

倾其所有

揭开命运的冰山一角

C53 行星指南

唯有奔跑
才能见识真正的晚霞
奔跑类似小型桃花源
可移动，便于携带
而奔跑者
腾跃的身躯
更接近一只烂橘子
无数次，在濒临破碎中
冲向终点
冲向他渴望的
庞大的火烧的天际
母星正缓缓下沉
锻造出惊人的金属括弧
之后，夜晚就要来临

桃花源里
拉链开始生锈
橘子重新挂满枝头
布谷鸟的飞行仍不知目的

时间

彩虹垂直向上

尚未察觉的某种危险

顷刻间出现

而钟楼的出现

得益于强迫症患者

用最细、最无聊的灰尘

堆积出另一个自我

再徐徐推倒之

制造阴影与震颤

那些风沙中赶路的侠客

都在模仿螃蟹

沿着沙滩边缘狂奔

凿一个洞穴，创一个世界

只有大海轻舞袖笼

将上述吞没

在这个过程中

我感觉自己变旧了一些

但又不确定

因此，天黑之后
我要试着往回走走
用今天换取即将到来的黎明

基因

螺旋无处不在

从 DNA 结构到手指纹路

大至飓风、宇宙星系

但它随便找个理由

就让我相信，螺旋最初

始于一只海螺

它负责无限不循环

我们保持注视与呼吸

止痛丸

酸，或者甜
都无法阻挡疼痛
活着
只是在各种错觉中颠倒

我们对错觉的信任
远大于对自身的信任
宁愿相信
从一颗指甲盖大小的药丸中
获得救赎
即便失去了味觉
也要带着敬畏，嚼碎它
去观赏宇宙的内核

幻灯机

天鹅浮游于湖面

起飞之前

它搅碎了自己

水中的倒影

比利牛斯山南部

鬼兰蛰伏多年

山毛榉腐叶扮演魔法师

托出丝带般的根须

鸟类将自己带往古巴

五岁的小孩望着窗外发呆

他知道这世界

是个巨大旋转的球体

盖亚行星指南

雾霾中的银杏树
孑然而立，我透过窗户观察
清澈与灰蒙蒙之间
金黄色的叶子有何不同

手持矢车菊的火星生物
如果有人坚称他亲眼见过
那么你和他
必有一位悬浮于梦中

我每天吃饭
默默咀嚼星球碎片
我每天路过它们
像路过另一个世界

什么

什么虫子，昼夜不停
啃噬锯齿般锋利的蒲公英

什么花，不动声色
敢在闰年二月全部开完

什么瓶子，在桌前摇晃
它曾出席泪光闪闪的夜晚

轻巧的少年如风飞驰
原野浩荡，磨钝了所有麦芒

他担心连沙滩都睡着了
自己还醒着的午后
担心这样的午后
梦境和沙子都是水绿色的
太阳晒着，无处可躲
他在酷热中担心
年轻人吃冰棍
免不了喷出一团团雾气
他担心冰棍吃完了
雾气却难以消散
升到半空变成鱼或者变成雨
担心没完没了，那些
比时间更为稍纵即逝的东西

实际上，沙滩睡了他还醒着的午后
是这样的
为了不打扰他
年轻人在沉默中打斗
很快又和好如初
额头上渗着血

彼此分享一颗美味烟头

他仍然醒着，与担心各执一词
年轻人缺少金属
年轻人不够执着

7 月 17 日生物观察

《西方哲学史》的旁边
是《牛津大学终极昆虫图鉴》
世上最漂亮的虫子
与著名的思想放在了一起

夜间，亚里士多德与柏拉图
喋喋不休地争辩
两只步甲爬上玄武岩
因抢夺地盘而大打出手

昆虫的疑惑：什么时候
才结束这漫长匍匐
人类的眼睛：看！翅羽的正反面
写满了生命意志与鬼神传说

史诗般的迁徙中，行军蚁
至死追随费洛蒙轨迹
如果身体无法冲出自我
蝶蛹羽化又该何去何从

昆虫与智慧，或许都归于
大自然凭空造物
而诚挚的语言永远动听：
"吾爱吾师，但吾更爱真理"

古塔遐思

见塔如见龙
缓步绕塔一周
找不到龙的只鳞片甲
友人说，塔名出自易经
"见龙在田，利见大人"
意在祈求人才辈出

相传定安古城的砖墙
垒砌时，石灰里掺入了
糯米汁与砂糖
想必见龙塔亦然
由此，前来祈福的游客
总会领受意外的香甜

塔身经秋雨浸润
更显岁月悠远
我想等到晴朗的午后
看日光流转，投进塔内
那些沉寂了两百多年的石砖
会不会伸着懒腰
自昏暗中逐一醒转

平衡练习

电光半自动天平
万分之一的精确度，暗藏于
异常锋利的玛瑙刀之间
承重刀居中，悬臂刀置两侧
刀锋刀垫形成支点

须具备悟性与耐心
须经过反复练习方可驾驭
它也反复教育我
平衡，是一件颇具难度的事情

调整水平，预热，校零
取放称量物，开启升降旋钮
每当我完成繁琐的调试
为平衡献上最后一枚圈码
它重达十毫克的质量
它细致精巧的环状结构
总令我惊叹不已

在分析化学实验室

高精度的电子天平早已取而代之
操作简单，瞬间便能得出数据
这种古老的双臂天平
沦为低效落后的文物代表

为了满足学生的好奇心
我时常需要开机演示
投影屏依旧闪烁诱人的荧光绿
他们却无法感知
砝码与称量物
曾在漫长岁月中执子对弈
共同创造出精妙绝伦的平衡艺术

环形跑道

可以任意设定起跑线
经典的追及问题频繁上演
甲和乙，同时同地同向出发
再次相遇时
两人的路程差等于跑道周长

它的有趣在于
为了成全这道数学题
速度快的总要拼了命去追
一副惊慌失措的样子
而跑得慢的人愈发悠然
还差着大半圈呢，不着急

第四圈，师兄从身后翩然而至
喘着粗气：莫比乌斯环
扭转180度的纸条首尾粘接
无须跨越它的边缘
蚂蚁也能爬遍整个曲面

第九圈，我再次被赶超

他谈起家乡的小黄菊：

自盛夏发起，花期直抵来年二月

熬汤服用可明目退翳

故曰千里光

我告诉他，在非洲

四千米海拔的高山沼泽地

有种体型巨大的植物

枝叶紧凑，没有值得炫耀的花

名字也叫千里光

师兄明显慢了下来

我们开始聊环游的行星

旋转的太空垃圾

远处零星的虫鸣渐渐收声

在环形跑道上，只要步履不停

人和人总会一再相遇

夜训

卧姿装子弹，恢复射击
最基本的步枪科目
已困扰了她半个多月
太难了，一整套动作下来
需要调动全身的肌肉
需要忍住骨头与金属的撞击
还要通过声音去控制力度
再凭空造出无形的标尺
死死卡住——
那个唯一正确的位置

她心想，女兵与步枪
本是一场狭路相逢
而黑暗，无疑加大了所有难度
从站姿到卧姿
一个简单的转换动作
她也不得要领
仿佛某种庞然大物
用最笨拙的方式爬坡、喘息

指导员说：夜训
就是在微光环境下
把战士的手练成鹰的眼睛
她偷偷伸展双臂
想象着鹰的飞行
它们会盘旋、会俯冲
见识过一整片草原的绿

雕塑

鲜亮的藤蔓布满战争遗址
雕塑立在林荫道尽头
她站直身子
如少女时代的长发垂悬

鸟鸣中夹杂着轻微的枪响
这当然不是考证历史的方式
人们永远无法获知
年轻的战士最后一次倒下的姿势

几乎散架的战地担架
躺在上面的人，想要活着回到家乡
她替他堵住了伤口
捧出煮熟的粮食
他吃了几口，胃疼了很久

曾经，他是她的小男孩
眼睛明澈，嘴巴倔强
下葬时，他好像睡着了
沉重的头颅
倚靠在柔软的肩膀上

舞者

军绿色的裤管卷至膝盖

她绷紧小腿

再缓缓抬起

这套动作很漂亮

是整台演出的亮点

排练时，她悄悄告诉我

接下来腾空一跃

身后就会荡起红色绸布

波澜壮阔的海洋

不料，砰一声

她摔倒在地

士兵们误作舞台效果

掌声雷动，整座剧场都沸腾了

音乐没有停，当然

脑子里的舞蹈

也在继续

只有她的身体，对着观众

趴在那里一动不动

巨大的黑暗中

无数枚帽徽宛若群星

她突然伸出左臂

追光如期而至

将细细的指尖照得发烫

大海就是

大海就是所有的名字
我不认识的植物、动物、无机物
人工制造的仿生物
尚未相见，我们已亲如兄弟
大海
大海就是——
我以为我无法吞下它
它却一直在我体内
无论我怎么走
都只是摇晃一肚子苦涩的水

致敬

向无所事事的昆虫致敬
向最小昆虫、从未见过的
毫厘间蕴含大海的昆虫致敬
草丛中旋亮手电筒
请全世界观看，给它们自由
给它们最佳逃亡路线

请世界以最舒服角度观看
无数珍宝镶嵌其中
争执，象棋对弈拖住了健步走
责罚，小提琴拉断 E 弦
以最舒服的角度
给它们自由
让月光下的野猪
继续在松林里奔突
让相互追赶的鬼神继续追赶

第二辑
夕阳是件无法挽留的事

其中的黄昏

早在陌生的街道见过你
当我们尚未相认
你是顽皮植物的阴影
弯着腰，追逐夏季飞虫

它们细小身体内部
暗藏着无聊而重复的片段
你在里面爬楼、转钥匙
然后背靠着窗户
啜饮一杯低度酒

那些酒，去了时间的拐弯处
以后我就住临河的房间
陪着终日饥饿的狗
听音乐，做针线活
不给它们好脸色

到了晚上我故意不等
让你经过我，又察觉不到我
那个时候灯熄了
看上去真像个骑士

白塔山

一家人围坐在塔前
是 1985 年的黑白照片
初夏的马齿苋
还在影集夹缝里疯长
蚊蝇飞离草丛，缓缓扑向鼻尖

我们还是小孩，空气中
那种闻了就会长大的香气
还不敢大口吸
在山顶，长时间盯着远处
会产生一种错觉：
跳下去不会死，会飞起来

谁也没想到
这就是最齐的全家福了
女人把亮片织进毛衣
男人们抽烟、聊天
刚拍的照片还是未经冲洗的胶卷

塔内的木梯又陡又窄

我们不说话

像青鱼一样聚拢

悬崖边的飞行

一点点丢在黑暗中

骑龙坳

山下的人总是走得很慢

沿着山路收集野草

据说，轻嗅它们银白色的绒毛

就能通晓未来

草束在胸前摆动

稻田里蚂蚱碧绿，泥巴乌黑

曾被祖先采摘过的回忆

如今垂挂在南坡橘园

我们牵着想象中的坐骑

快速穿越丘陵地

有时上坡，有时下坎

有时不得不转过头

查看各自的尾巴

然后，一遍一遍不知疲倦地

赞美那些好看的弧度

有人一口气把货车开到了山顶

几十年就这样一闪而过

连绵起伏的穹窿

根本望不到尽头

他呆立良久，找不出任何破绽

那些石像般坚定的爱情

一个晚上充满野物的香
一个人躺着，涣散出三个人
困住一顿饭的情形
一件固体躺在肚子里
像一辆车躺在高速公路上

如果柚子躺出了破绽
必须处以绞刑
那么，当现任冲撞警戒线
他就必须躺回前任的正后方

一个晚上化作一股香气
一个人生出三个人
快速离开打烊的鱼摊
一个反穿衣服
另外两个去零下三十度
等雪的结尾，或者躺久一些
天边就射出火热的光

桃子小姐读过中学课文

自从割去扁桃体
她便拥有了幻想中的桃子
在必要的时间，从必要的位置
鼓起来
她用力捏，让它们肿胀，成熟
果皮容易掀开

她完整地吃下它们
像读过许多课文
指认，背诵，暗地里圈圈点点
她因此理解了一个人
充满函数悲伤的生物机器
操控着物理的力学起点
和化学方程式般的配不平

她厌恶命题作文
桃子绝不提及桃子，但蟠桃除外
她说蟠桃好像没那么圆
人们便以一枚扁桃
顶替蟠桃

带着忏悔撬开嘴

将各自吃了下去

月亮让他们像湖水一样波光粼粼

曾经浓烈的爱为何消失
没有人给出答案
分手的情侣默不作声
沿着石阶上行

在山顶，他们分食一个橘子
橘瓣咬破，迸溅出汁液
几乎是同时
两人眯缝起眼睛，忍受着
这突如其来的酸涩

那个烟花绚烂的夜晚
永远也不会天亮了
闭上眼，路灯的光打在脸上
他要把它当做新的太阳

恋曲 2045

独自待在安静的房间
凌晨三点
离港的船只故障
从我的位置看
它正好停靠在窗台上
像一件昂贵的礼物，灯火璀璨
曾经的爱
就是被那种光亮点燃的
有距离，又并非遥不可及

而我是另一艘船
我的灯火也被他人眺望

湖心惊叹

夏天是籁籁风吹
金属与麦田握手言欢

夕阳是斜照，斜照
蝉鸣轰炸耳朵

真正的朋友是敌人
此消彼长，无法摆脱

我们的友谊地久天长
是从爬山开始的

七十岁登顶珠穆朗玛
八十岁坐轮椅去外太空

黄荆沟

废弃铁轨，由杂草
铺筑出一条闪亮新通道
树莓绽开苞芽
要等到六月果子熟透
才是最好玩的时候

1986 年，我见过矿区小火车
头顶一条白色巨蛇
带着慑人的蒸汽
呼啸而来，又缓缓驶离

我舍不得外婆
不肯上车，把自己埋进旋复花丛
许久，泪痕干透
抓挠着脸上的刺痒

小火车又来了
它制造的风，还有风里的香气
在蚊蝇的嗡嗡声中
反复将我掀起

夕阳是件无法挽留的事

恋人行至四月边境

干涸的河道

野狗在疯跑

夕阳是件无法挽留的事

除此之外，再大的困难

也理应奋力一搏

天色向晚，爱的宣言

依旧难以启齿

冰人

有人在冰上走
越走越慢
自行车倒在身后
是认输的兽
冰很滑，覆盖着水流
摔跤和溺水的危险
也无法阻止他——
机械的腿，一笔一划
艰难地行走

热切的话给他吧
踩着玻璃珠和瓦片的话
也都送给他
走在冰上的人
脑子里忽暗忽明
必死的念头
在冰面燃起了篝火

胞弟之死

在河边，他的运气向来不错
出发前又钓到一条鱼
他心想正好，带去给大哥
从资中重龙山到成都青羊区
要走四个小时
摩托转火车，再转公交车

直到住进宾馆，他才发现
鱼已经死了
拎鱼的袋子有个破洞
淅淅沥沥洒了一路
当晚奇热，空调始终不制冷
莫名其妙心梗发作
人躺在床上像鱼一样挣扎

有人猜，那条鱼连着他的命
袋子里水漏完了
他的血也就流尽了
第二天，大哥坐在寿星的位置
没有看到最小的弟弟

暗恋

少年沿着巷道奔跑
我趴在窗口，看
他瘦长的影子
掠过地面，一闪，一闪

他说话，像在吹小号
他唱歌，喉咙里是婉转的鸟鸣
他攀上陡峭的崖壁
望着群山翻滚
像大海，也像人海

他眼睛里的光
是我绘画本里空缺的
那种金黄

少年沿着巷道奔跑
不肯停下来
夕阳下，影子越拉越长
当等待越来越长
狂跳的心也沉沉睡去

写给九月

如果说不舍，必定

出于某种私心

说大江东去

又多半郁结着未了情

若一言不发，只是站在江边

任凭九月的傍晚独自沉落

这情形更叫人沮丧

哪怕说一堆废话

絮絮叨叨又哭又笑

也好过沉默

九月就是这样，来回纠结

它代表一种最大最危险的

不确定

同时又是这场不确定中

最坚定不移的飞行

第一次飞，毫无经验

硬生生把你拽上天

如果由此推断

九月等同于狂飙

那就又错了，至于错在哪里

谁都没法说清
毕竟
江边的离愁念天地之悠悠
那么大又那么不确定
我不得不张开双臂
抖落了所有，像一个
只需要拥抱的玩具

有的事情比想象中慢

刚想好的句子转眼忘记

上午擦的玻璃下午又脏了

昨天新搭的鸟窝

今天散架了

去年才说好的相爱啊

……

有时我猜测，快速消失

也具备某种美德

就像昙花

于是我趴在阳台上

低着头，聆听秒针嘶吼

我以为绽放

真的只有一瞬间

实际上，我等了很久

叶之问

它们仍遵循某种秩序

我停下脚步，细数从前

它们宣告过生长

我也拆开了棉袄夹层

全然不顾昼夜并行的裸露

毕竟，升温过程中

一切都在变快

于是我每天弓着背

冲撞空气

和另一些显而易见的东西

很多问题被我匆匆吞下

或者推演出新版本

那时它们就蹲在我的肩膀上

高举无语的旗帜

这些群居的议员们

不爱惹麻烦

除了盛夏的早晨包庇过一只大鸟

剩下的事

只需摊开手就会一一到来

它们掏出匕首

刺向各自小小的荆轲

没有比这更接近彼此的了

我终于看清

蝉鸣最为癫狂的午后

是我懒得抬头搜寻

相信它们

遵循某种秩序

正如我总漫不经心

虚晃躯体与四季

雪夜

窗外的雪很安静
像皮肤白皙、慈祥的装饰物
他站在酒柜边
挑选最为陈旧的一瓶
他要同阔别多年的故友
边喝边等
迟迟未到的另一位——

那人独自走在雪地里
或许走累了，就坐在树下休息
或许忘记了，是刚喝完酒
还是去往喝酒的途中
又或许每逢路口
那人都辨不清方向
只好任凭直觉，随风飘荡

当年他俩就是这样等的
一杯杯痛饮
一遍遍看向窗外
雪野万里友人无踪迹

试想一下
如果雪是一种循环
死亡被无休止的行走所代替
如此相似的夜里
说不定，某个不经意时刻
他们已获重聚

第三辑
莲花

棉花

当我们以为自己
已经穿好衣服的时候
棉花还长在地里
还不知道未来
有根线头在等着它

意外发生在大雨之后
原本空虚的云朵
没能抵挡水的诱惑
棉花有了思想
垂下诚实的头颅

穿梭机是一种"神奇"
对于棉花来说
却是酷刑
纺织厂的姑娘越美丽
织出的布匹越狰狞
无数只棉花
被拽出无数只胳膊
哭喊敌不过机器轰鸣

骨头断裂的声音

也一并忽略

唯一的乐趣是

棉花长出了耳朵

它捕获过许多窃窃私语

其中，"大海"这个词

反复出现

令它想起前世

扑向大海的身体

像基石，也像拖拉机

棉花心想

我并非柔软之物

那些撕扯与碾压

不过是来自人类的幻觉

是的，棉花只是个小东西

不需要直升机搬运

吹口气就飞起来

轻飘飘的感觉

渐渐说服了我们

我们也开始双脚离地

任由大风吹散

洒落在田野

火花

我曾描写大量黑暗
只为摄取它——火花
一个闪念般的存在
令人惊叹
黑暗中，火花为我惋惜
它，从未消失
是整个世界
被它蒙上了眼睛

火花的形状
让我想起了海鸥
却猜不出二者的关系
我只知道海鸥
它们跟随白色邮轮飞行
张开嘴巴
发出阵阵干呕

海鸥高高低低地飞着
还要飞很久
因为存在时差

火花看不见海鸥

这种悲伤，令我想去

更多的地方

那些风尘仆仆拖着行李的人

我多渴望

他们也将我一并带走

莲花

在群坡与叱石坑南面
石梅湾以北五公里
人们寻找莲花

我好心指路，却没人相信
因为戴太阳镜穿碎花长裙
绝非本地居民

于是我坚持带他们前往
只为证明——
然而，什么都没有

当真相像谎言一样飘走
诚实的人也不复存在
在台地、在丘陵
在莲花与海岸共舞的起伏中

越溪

海岛尽头是尚未命名的植物

由它们构筑的雨林深处

有棵属于我的树

我喜欢它，挂着袖珍叶片

在清朗安静的下午被爬虫捕获

我也喜欢爬虫的迟缓

腹部摩擦大地，拖曳出

漫长的岁月轨迹

还有谁，行走在海岛尽头

大地传来恢弘回声

在那些叫不出名字的事物之间

我缩小、再缩小

由此摆脱迷途的眩晕

由此摆脱世界的陌生

无花果

有的果子要当场抓住

否则，它们耗光了耐性

会凭空消失

有的清晨醒得太早

孩子还没睡够

噩梦就要搬到现实上演

患有意外妄想症的家伙

不停地假设这样，假设那样

一只无花果

在白天，它担心

有大把时间来自火星

而夜色又难免荒凉

它整晚祈祷

愿自己体内的光芒

沦为流萤与噪音

香橼

无论出走多远

还是要回到它身旁

一种金黄灿灿的无言

一种无言的悲欢

无论多么愤懑无助

也还是要

为这样不值提及的小事

奔忙，奔忙

也还是要回归

穿梭于生活的虚幻光影

从客厅到卧室，到隐秘的房间

散发香甜微苦气息

伞花烃的碎碎念

自转、公转、保持距离

坚定不移之行星定律

因此宇宙果子永远躲在角落

因此胆怯的人儿背对着它

不敢道出心意

任体内火车呼啸，海洋倾斜
种种念头虔诚又莽撞

西瓜

刺叶石楠、龙血树、金边万年麻
朱蕉、大鹤望兰、红千层
许多热带植物
复杂的样子，常常令我
混淆了它们的名字

抑郁、焦虑、神经衰弱
强迫症、妄想症、双向情感障碍
翻看《精神病学》的年轻人
总是被朋友叮嘱——
切勿对号入座

而西瓜是确凿又磊落的
大刀切开，大块啃食
清甜的汁液渐渐将口舌淹没

窒息中突然想到
看看植物，看看书
一些漫无目的的小事情
做着做着，为何就变得偷偷摸摸

珍珠

开蚌很容易
削苹果的刀就可以
蚌柱断裂手心是有感觉的
世界露出了破绽
蚌就要死去

我想要一颗珍珠
正圆，无瑕疵
我忍着腥臭
仔细翻查它冰冷的身体

我最终得到的
是一堆牙齿
零碎散乱，布满时间凹槽——
哪有什么珍珠
蚌壳撬开那一刻
所有光华都随之消逝

月亮

只有足够细致的
比如婴儿奶瓶，便携式打字机
才能透过它纤巧的缝隙
坠入黑暗
并且在黑暗中依然保持明朗

假苹婆

看起来已经是果实了
豆荚般一簇一簇
在正午的炙烤下，炸裂开
再次成为花瓣的使者们
挨挤着，变作海星
橘红色的花朵
醒目又炫耀地悬挂在头顶
不是天上星星那样一闪一闪
却仍然遥远
我站在树下，伸出手
只能触摸到距离
横亘于我们之间
无法逾越的万古气息

鲁珀特之泪

熔化的玻璃正滴入冰水
你将得到——鲁珀特之泪
最坚硬的泪水
或许经由最脆弱的眼眶

它的头部可抵挡子弹
它的尾巴一捏就碎
像极了爱情
勇敢坚定，又裸露着致命伤

当灼热坠入冰凉
一切都会在瞬间凝结吗
沉默，沉默，终又孤注一掷
未曾被期待的事物
创造出永不妥协的惊叹

热带雨林

急阵雨来了
在旅人蕉下汇聚成河
当河流敲醒蜗牛
蜗牛就长出触角
驮起雨林向前爬行

急阵雨又来了
蜗牛已不见踪影
这短短一生
错觉的鼓槌和心碎
不具备处理悲伤的能力

马聂耳辛夫

他在喧嚣不息的海浪中写作
有一天，海沉默了
手中的笔也无法继续

牙甲在水面上打旋子
世界便以它为圆心，转动
当它潜入水底
那庞大的旋转也随之停歇

牙甲懂得
以微妙之力操纵无限
而他，尚不知真相——
因写作而掀起的惊涛骇浪

是他搁下了笔墨
大海才变得一片死寂

杜撰之花

黑暗，最幽深的黑暗

曾为我们带来光明

本能的跳跃

让昆虫交到过不少好运

衰老是一件旧衣服

脱掉它们

躯体便越发轻快

泛着磷光，粉红色

我们终日游荡

有几分相似，企图

通过寻找花蕊来寻找自身

这种寻而未果的忧郁

徒劳的热闹

也都是相似的

花开了，带着安慰

我们眼睛看一个

心里念的却是另一个

花谢了，满心欢喜

为着真实可触摸的不完美

永远荡漾

为着一种蓬勃姿态

彼此确信

飞岛

站在山顶，盯住某个反光点
从有到无只一瞬
相对于大海的空茫
这种闪现更适合诠释——
孤独

就算近在咫尺
大海也始终在远方
岛的孤独
并非我们想象的那样

岛上没有原住民
陌生的旅人涌来又褪去
唯独它——
终年身披绿羽
在昼夜不息的摇晃中
练习飞行

芒果

北方冬季的下午

短得像是在开玩笑

不经意瞥一眼

天已黑完

他独自坐着

第一百零一次思索

如何从金黄色的椭球体中

突破自我

屋里亮了灯

玻璃窗默默反射着房间内部

书桌、板凳、烧水壶

这微小场所

宇宙中唯一的芒果

供他栖息

又将他囚禁

长翎雀

要是马儿像它一样轻巧就好了

高兴的时候

就陪着我唱唱歌

前些天我喝下太多江水

咕噜咕噜的声音

总叫人口渴

我听说

长翎雀为了骑马

真的横渡长江

振翅的时候

它是马儿的长翎雀

我常常骑另一匹马

走在江北

想象着自己

是另一只长翎雀

隐身术

树上站着一只鸟

在阳光下面梳理羽毛

它的眼睛

是圆溜溜的黑豆

鸟儿很小很小

梳累了

就蹲着不动

变成一颗发呆的柠檬

一尾鱼

关了灯才看清楚的东西
不是冷的就是热的
比如，一块玉
它可以永远挂在窗前

有很多光线
它们极细极长
还在不断地长长
鱼吓得睁不开眼睛

我拽好某条光线
顺着它滑行
经过玉
玉是温润的玉

经过鱼

候鸟

候鸟又启程了
日以继夜，追赶着季节
家乡
悬于九千米高空之上
要守住家乡
就要不停地飞翔

南方的蔷薇没有败
还在往死里开
骑车女孩拖着马尾
脚踏飞转
老屋越转越远
墙上的涂鸦越转越淡

九月刚过，一场秋雨
想回到暮春的午后

蚱蜢

不认识就没法发现它
通体碧绿的隐者
被小孩手里的枝条摁住
懒洋洋、象征性地
扑腾翅膀

它强健修长的大腿肌肉
相当于我们人类
从这个部位到那个部位
那些锋利的倒刺
提供不了任何帮助
浪费了许多威风凛凛

谁也无法模仿
它诡秘的逃跑路线
跳到一半，如梦初醒
倏地调转方向
开始扎扎地飞行

我曾近距离观察

捏紧它的"膝盖"

仿佛一架农用飞机

发出阵阵轰鸣

我的鼻尖也跟随颤动

蓄势待发

这可能是一个错觉

又或许,它真的载着我

飞了一段

田间的光映照在我身上

蚱蜢的影子

不停地坠入水坑

蚱蜢,蚱蜢

如果我转头望向它

我的侧面

又将被谁张望

有棵桃树的清晨

我整理洗手台
汗透的衣服洗干净
高举过头，放至衣柜顶部
我敬它们
也敬这种推拉容易的门

季节再次掷出骰子
我跪在床底
将灰尘一一拾起

戴帽子的人
是对着空碗说话的人
火球在他脑中旋转
我也旋转
看似无关的桃树
正挑灯夜奔

甲壳虫

我在海边奔跑

性别模糊

数不清的同类

漂浮在稀薄空气中

时间是个布袋子

我们在里面互相寻找

团藻找到了光

我找到了祖先打渔的网

绿色的鸟儿独自飞行

翅膀扇动空气

没有缘由地低鸣

青团

失眠儿童喋喋不休的那个夜晚

喷火龙耗尽燃料的那个夜晚

醉汉在楼顶划船

将星空涂抹在手臂上的那个夜晚

都是一样的

夜晚

都是一样的冰凉

一样的青团

摊在掌心黏答答的夜晚

咬一口含在嘴里清甜弥散的夜晚

一样的

没有类似物品可供比拟的

青团

我愿它们集体噤声

侧耳聆听蝇虫嗡嗡

我愿它们

最终在脑海中

消失殆尽的

那个夜晚，不要来临

我愿青团

永远无法逃走

尽管，它的微笑露出了马脚

它束之高阁的蒸屉

长满了好看的，银灰色的斑点

白鸟

白鸟山无白鸟
人们一直这样说

一九九五年，我们还是少年
热衷于打破传言
有很多山，只存在于想象中
白鸟山和想象的完全不同
植物层层叠叠，数不清种类
蝉鸣像鬼魂般尾随
随处可见峭壁和滴水的岩洞
我们汗流浃背，思想受阻
身体被意志操纵
倾斜着，微醺着
上山，上山
在白鸟山，果然没找到白鸟

下山时，我们不停地聊天
借此减轻对悬崖的恐惧
我们聊土坡上倒塌的亭子
聊沙漠之鹰，聊三千公里外

海底的珊瑚正在死去
甚至有人皱起眉头——
百年之后
我们化作尘土

下到半山腰，同伴大喊
快看——
我们顺势望去，夕阳染红了群山
白色的鸟群突然调转航线
奋力扎进如墨的竹林

骆驼

它生来就沉默

没有家乡

躬身下跪时，眼里溢出泪水

2000 年的骆驼死了

它温柔的腹部

我曾在天山脚下抚摸过

2003 年的骆驼也死了

中山西路 698 号

沦为危房的沙漠之屋

成捆稻草堆成小山

冬日暖阳斜照

这干燥之地，多么适合你我

多么可惜

我们的影子

差一丁点就重叠了

那片令人沉醉的阴影啊

无人打扰的片刻

如此静谧

我们曾为之努力

试图对彼此说些什么

橙色预警

谈恋爱需要天赋

钓乌龟则全凭运气

蚕在作茧自缚的执念中

一口吞下了银河

直勾勾地盯着月亮看

只会越晒越灰

月光下

每个物种都渴望登峰造极

许多经验，关乎生息繁衍

离人类世界却很遥远

窗台边，一只远眺的橙子

发出阵阵惊叹

飞蛾破茧

在海上掀起了滔天巨浪

狂风吹动粉末

洒向丘陵与平原

樱桃

倚在川南乡下的矮树边
舌尖与上颚用力，抿化它
被雾气包裹的小太阳
常常被坚硬的果核硌得生痛
流出眼泪，大脑一片空白

永远温润如玉，我闭着眼睛
确认它绸缎流苏
爬满蔷薇般的香气
这痴迷令人羞涩
我不敢说出它的滋味
也不敢大口呼吸

桑葚

孩子不停地撕日历
期待神秘魔术得以加速
肉色的丝，包裹星球的丝
光滑且孤独
到底要经历些什么
虫子才能不再是虫子

从四千亿种眩晕中精心挑选
一百零三片叶子
蚕只啃食它们的绿
在鞋盒制造的漏光的黑洞中
它们只关心自己

缓慢，固执，反复跌倒
常令仰望的头颅低垂
于是坐下来，和孩子一起
研究蚕
研究迷宫般的爬行
也许蚕才是真的智者
理论向来灰暗
而挂满桑叶的大树常青

藿香

它的香气向来饱受争议
像伪善的薄荷
又像半妥协的敌军
它锯齿般的边缘，叶脉繁复
构建出宏大的味觉实验室
植株的弯曲与律动
是烟花秀，满溢着欣喜与诧异

当年野生新藿香
尚未开花时，采其茎叶
洗净切碎拌入嫩蚕豆
略带攻击性的清凉直冲鼻腔
这种味道
曾令我的外婆痴迷不已

很多回，她变成陌生模样
将自己锁进厨房
如歌如泣地料理那些小东西
身体始终保持倾斜
仿佛获取了某种神秘

驼鹿

我曾见过万物复苏的初生兵团
在小兴安岭北部
当我迷失在针阔混交林的植物学中
猛然抬头，硕大的掌状角
便是它，驼鹿

我曾反复聆听持续而微弱的神启
它伸着脖子饮水
顺带啃咬一株埃及蓝睡莲
后来，索性潜入湖心
高耸的肩峰拖曳出炫目光影
在半空中久久飘散

驼鹿是孤独的，我也是
喜欢多汁的浆果
喜欢游泳，喜欢在夏季舔舐盐碱
由于想念甚于相见
足够衍生出别的事物
每次它一跃而起
远方的我也不由自主腾空
仰头张望高处

第四辑

从杉树坳到白水塘路

海边库尔勒

上好的棉被，盖在身上
是感觉不到重量的
上好的棉花，来自她多年挚友
亲手打理的沙瓦农场
农场坐落在遥远的库尔勒
那里棉花又细又软
就像塔克拉玛干的沙
她随便抓起一把，听由它们
于指缝间洒落

在海边，人们遐思翻涌——
游客一波又一波
戏水，拍照
呆望着海天交接处
库尔勒
她抬起头，发出清晰的舌侧音
库尔勒便从那混沌里显现
旱季就要到来
礁石边的冲浪者猫下腰
期待这一天最为猛烈的浪头

夜光表

我们等不及天黑

爬上床

钻进厚棉被中

欣赏一种光

表盘呈现水蓝色

秒针跳闪，一格，一格

那时我们尚不懂分辨

陷入黑暗的

时间

与白昼的

有何不同

我们拙劣地争论、不甘心

继续实验，木箱子

衣柜、门后，以及当真正的

夜晚来临

那时候距离我们得知

有种古老生物——

鲨

体内流淌着蓝色血液

仿佛还有几亿年

夜光表被遗忘至无人角落

默默发光，默默转圈

真迷人啊

有些事物在暗处进行着

从杉树坳到白水塘路

一样的喧哗、潮湿

一样的夜晚恍如白昼

花朵凋谢孕育果实

马路上走着善良的朋友

鸟类犬类频繁争吵

缔造出和平之光

一样的妈妈和一样的我

在午间失眠、叙旧

川南桔子红似火

最初也同这木瓜一样青绿

一样的南风吹

一样的星空隐匿

为什么活着

轻飘飘，茫然又美妙

我都差不多忘记了

还有许多坏人

散落在世界各个角落

像野兽那样喘息
却不曾拥有跳动的真心

晨花暮

第四辑 从杉树坳到白水塘路

在爂王山想起已故友人

你说万物流转不息
而每个"我"又都是被动者
你不怕死，只是好奇自己
多少年后才能循环进一块岩石
也好奇顽固如斯
又要耗去多少个世纪
才肯分崩离析

你说要是草原就好了
短短一生
不必懂得攀登
只欣赏马匹与柔软
而你，也无需坐在山腰喘息
努力睁开
再也不想睁开的眼睛

五年了，你的离去
仍令人难以释怀
进山游客
小心穿过栈道

努力适应着

激流迸射出无数根光线

那种眩晕、针扎般的考验

我们曾一起尝试过

平静的下午

友人告诉我，研究多年的课题
终于突破了难关
我想起一次夏季约会
她迟到了很久，为测试样品
整个下午守在烈日炙烤的楼顶
接下来就好办了吗
并非如此，从实验室到批量生产
还隔着一道难以跨越的鸿沟
名曰"死亡之谷"
如果成功了
丝滑的流水线，身轻如燕
然而失败的几率总是要大得多
世界将陷入黑暗吗
也不会。友人笃定地回答
那些美妙配方
就是襁褓里永恒的婴孩

这种感觉似曾相识
我想起许多无法完成的诗
闪光的念头
始终徘徊在"死亡之谷"

去看看旋涡

刺目的太阳是从水底升起的
由此我猜想夏天也是
姐姐一直走在左边
手臂湿漉漉
额头上滚着汗珠

我们沿着河岸赶路
稍不留神就离河水远了一些
而更远的地方灌木丛生
又不得不折回河里

凉鞋冲跑了一只
另一只便留下来等着
我死死盯着上游
希望它绕完地球一圈
再次顺流而至

也许它困进了旋涡
姐姐说，旋涡是看不见的
只需要找到

河流中最像大海的段落

我点点头，就在那样
给人以安全的旧时光中
继续往前走
九岁的我尚未见过大海
姐姐也没见过

在黑松林

透过层层叠叠的松枝
阳光披上墨绿色
蝉鸣依旧，又拓宽了林中空地
妈妈指着上山路径
小时候，每次我走到那里
都会摔个大跟头
我不记得了，可嘴里
分明还有泥巴青草的味道
而松香是甜涩相间
松果是砸向头顶
挠痒痒般，滚落斜坡
只有那样的清晨
松鼠才肯现身
时而跳跃
时而像伞兵从天而降
然后，干净而愉快地消失

空无一人

那里有真正的山泉

清洌，有磁性

为了闻到它的香气

我们长久地蹲在井边

铁皮盒里攒着远方来信

锈迹斑斑的锁孔

不再需要钥匙开启

昔日养猪场，松林般安静

肥头大耳的家伙已不知所踪

驮负过蒸汽机车的铁轨

爬满薄霜与苔藓

将上述一切注入盛夏

让它冗长、永远

预言家

阿里巴巴与四十大盗
一本全新的连环画
还没有翻开
我就带它去了朋友家

三十年后，另一个朋友说
当时她砰一声关上门
我就知道
书不会还给你了

而我，关门之前就有所警觉
她穿着塑料拖鞋
啪一声把吃剩的苹果
压在了书上

从此我两手空空
被某种担心折磨至今

海螺沟寻冰川而不遇

大雨滂沱，我们打着冷战
沿湿滑的山路攀爬
导游说今天没有冰川
说雨停了也不行
还有雾

我们路过一只金雕
斜立着，在爬满青苔的岩石上
它只是老了，并没有生病
导游热情地介绍
仿佛是预设的景点

我停下来仔细观看
它落魄的身体在风雨中颤抖
但它的眼睛，因为饱览过冰川
依然保持着澄澈与从容

排列组合

很多次，周末的下午
我和小黑呆在家里
一个盘着腿写诗
另一个趴在旁边画画

妈妈，我总是想
有没有可能
你在写什么样的诗
我就会画出什么样的画

我点点头，每一幅画作
都对应着美妙的句子
但不是这个我
在平行世界，无数个我的叠影中
有一位真正的诗人

她身边的小孩
肯定什么也画不出
小黑叹着气，忧伤地说
因为你总写空白的诗

2017

那年我们坐船去岛上

脚边爬满锹形虫

你抱住院子里的狗

像分别多年的老朋友

人们捡珊瑚

释放那些卡在缝隙里的风暴

我照样子弓下腰

结果弄丢了银手镯

那年太阳很晒

36 岁的我和 6 岁的你

是一对难兄难弟

我们呆立海边，无心交谈

仿佛在等某个人

我们真的从黄昏等到天黑

最后什么都不见了

你叹了口气，牵起我

世界缩成一只迷途的贝

宇宙

宇宙是星球和星球之间的嘘嘘

小黑说，它很暖和

也很着急

在石梅湾的夏天

我们找到许多螃蟹洞

兴冲冲地逐个挖开

除了沙子，什么都没有

宇宙是沙子

很无聊，也很多

小黑把铲子递给了我

于是我接着挖

思考宇宙另一种可能性

咔嚓，咔嚓

铁器摩擦沙粒

掌心传来生涩而奇异的律动

父亲的年代

自行车，散装薄荷糖

载着小女儿

冲向居民楼的斜坡

无数次，车座下方的弹簧

捕获一双小手

尖叫，刹车的滋啦声

他不得不停下来，慢慢回忆

皮革气息混合着烟草味

信笺上滚动的墨水笔

某颗忧郁的、生死未卜的眼球

男人与外地中医

意外且仓促的相遇

两年零八个月

一百三十四封信

他在灯下整理答案

用右手倾诉

光线诡谲、模糊演绎史

红色起伏的山峰

一场超远距离的找瞄
一位投掷者带着耐心与侥幸

南方的冬季没有暖气
街上有压路机
沉郁的重低音，昼夜不停
只属于父亲的年代
茉莉花茶泡好了又不喝
屋子里氤氲着迟钝的香气

梄王山

山间溪流相伴，栈道湿滑
一直走在前面的父亲
突然转身来牵我

他说怕我摔倒
实际上，父亲战战兢兢的样子
更令人担心

石阶渐趋平缓
牵着的手始终悬着
像托举某件重物的同时
要为放手找个好理由

上次被他牵着，我还是小女孩
如今四十岁
山路蜿蜒，没有尽头
致敬着远渡重洋的波涛

最初的房间

在我学会眨眼睛
暂时又频繁地与摇篮别离
在我能够区别
属于太阳的红色别离
属于天空和大海的蔚蓝色别离
以及黑白灰
代表昼夜之外所有东西
之前，那是我闭着眼睛
都能见到的光

那也是
在地平线形成之前
思想的云雾尚未蒸腾而起
在耳朵被我发现之前
就听得见的声音

北纬 18 度

在海边，我会陷入一种错觉
所有短暂而孤独的黄昏
都专属于我
正如每次途经青皮林
壮阔的大叶榕树下总有人驻足
将它误作古老树种

有一天下午，奇迹般
东奔西走的人们
抵达了同一座教堂
纯白、尖顶、玻璃心
那个下午，北纬 18 度
我混迹在人群的疑惑中
捡起一只死珊瑚
它记载了无数意外与误会
它的名字令酒徒举杯

漫步极地旷野

一栋建筑最重要的工事
不论构造、耗材
一位工科学者，絮絮叨叨
拉扯出一堆令人头疼的指令
一把梳子、一根锯条
并排躺在地下室
它们被永远闲置的利齿
绝缘改锥
车床边无来由的滚动、颤抖
在所有星球旋转的魔法中
它们长出遥远的智慧
它们认识头顶触角的精灵
大海的声音
一段短途旅行
上述种种共同的目的，是
从我们眼前消失

一旦我说出它们
紧接着出现的
比如尚未命名的病毒

在微观世界安静地自我复制

主宰我们，某种庞然大物

比如夹带邪恶气息

与无辜灰尘的风

比如苹果、柚子、孔雀蓝

失而复得的诗

在极地，它们通通扑向我

将我降解

不听我的解释

在极地，我衰老得不成样子

谁借我一把镜子

有些事物远离我，又将我包围

我感到平和且一无所知

糖与平原

哥哥在很多屋顶出现过

最初是黄荆沟的瓦房

矿中学教学楼、灯光球场上空

他总是跑得很快

从我飘忽的视野中

一次次掠过

他会凑巧与我对视，浑身光芒

那是一种无法声张的甜蜜

多年后，我才明白他是哥哥

1979 年的库车

被黄沙遮蔽的下午

他在粉红背囊里提前滑落

把舒服的位置留给了我

他跑得太快了

将荒芜又慌张的平原

跑成了连绵不尽的丘陵

他要去世界各地搜集井盖图案

印在衣服上、胳膊上

我的童年因此层层剥落

吃糖，吃糖

沿着无数玻璃糖纸铺筑的小径

一直追赶，一直迷路

所有喜剧的生成归结为困境

所有诗歌的述说归结为孤独

所有的热爱

最终都独自面对冷清

我害怕自己，我也害怕哥哥

因此我云游四海

细细感知有机糖之外

无机的泪与盐，以及无言的界限

火车之夜

如果你在八十年代坐过火车
如果你的火车平淡无奇
只有穿越隧道时
黑洞洞的崖壁带来些新鲜
如果你有一个表哥坐在旁边
如果他用坚定的语气
告诫你，千万不要平举双手
蜷缩在黑暗中的蕨类
会猛然间缠住你，然后
拖出窗外
如果你死守着靠窗的座位
不肯放弃试一试的念头
如果隧道越来越长
就要突破那该死的好奇心
火车继续向前
并未因此变快或变慢
那些令人畏惧的事物
也萌生出一些小小快乐

无名之夜

万吨轮名曰泰古号

启航时已近凌晨

我们凭栏观望，吹着

迟到了两个钟头的海风

先前的焦急等待

以及再早些的浪漫幻想

一点点震碎，涣散

只剩空荡荡的胸腔与麻木视野

也不过如此，关于坐船过海

有个朋友曾引以为傲

却绝不肯透露一星半点

也就是这个人

专程送来绒面小盒，很精致

那晚我还没走进家门

就迫不及待地掀起盖子

灯自动打开了

照亮一枚小小的蝴蝶尸体

想起二十七年前

黄包车，阴天黄昏
再晚些就要迟到的晚自习
在那方陈旧教室里等待
行道树，五金商店，堰塘角
映入眼帘的景物
通通呼啸而过
现在想来
黄狗仍然没能追上自己的尾巴
桥下是停滞的清溪河
卖麻糖的边走边喊
铁锤敲击铁板刀
金属声音里裹着辣的甜

当时，蹬车师傅用力摇打手铃
我抓紧了收拢的雨棚
车子开始加速
我们像一阵风
为世界制造飞机

对影子说

今晚头顶繁星是你
乘坐双人皮筏远去的是你
面容陌生
根本不像亲人

当我推开房门，打开窗
当我抓起不再烫手的茶杯
在潮汐柔软的角落
独自陷入深渊
你是我永远不死的传说
你是更贴近我的我

似曾相识

有时，我突然觉得
眼前的一切那么熟悉
接下来有人会说——
他脱口而出的
正是我早已知晓的内容

震惊与兴奋交织之下
我语无伦次地喊
天哪！这场景曾经发生过

不，这是第一次
也是最后一次
他用医生的眼神看着我：
似曾相识是一种病

投币游戏

我一直在投币
却弄不清它到底装着些什么
那个午夜
月亮的触角长出吸盘
偷走了所有玻璃

书架上，储钱罐晃动起来
光滑的瓷面
缀着些金色斑点
这是一只豹子
拥有不容分辨的敏捷
眼下，它正用爪子
一点点弄弯铁丝

我飞快地投币
它飞快地跑
金色的尾巴左右摇摆
直到月色如水
洒满山峦
它追上了它的祖先

祖先们额头发亮

反复模仿岩羊的姿势

凭空想象着

犄角、悬崖与山路崎岖

实际上，它们辨不清方向

只是在原地打转

我有些着急

继续往里面投币

罐子哗哗作响

豹子却越跑越慢

我跟了上去，期待着它

突然转过身来

为我披上豹纹外衣

这是一九九三年

我独自穿越的秘境

如今硬币卡在缝隙中

不再旋转

时间只好回到当晚

将一切撕成碎片

此刻我的后背有个缺口

重要的东西正从那里溜走

想起一种草

当我坐在刮着南风的山坡
眼前会闪过这样的画面：
昔日朋友面带慈悲
轻踏大地
缓缓向我走来
我曾拥有过他们——
也因此以为
拥有了一切
友情，谎言，以及辽阔原野

我也曾被排除在外，禁止靠近
就像我的死
整个世界忽而远去
就像一种草
我永远走在前面
它永远不肯露面
只有蛾子们抖动粉翼
痴恋般，久久缠绕在足间

常常在想，眼睛、鼻子、耳朵

包括后脑勺隐秘的伤疤
远不足以构成"我的样子"
当我逐一清点往事——
一群陌生的我
列队经过无我的王国

图书在版编目（ＣＩＰ）数据

杜撰之花 / 艾蔻著 . -- 石家庄 : 河北教育出版社，
2024.9. --（燕赵秀林丛书：文学）. -- ISBN 978-7-5545
-8858-1

Ⅰ . I227

中国国家版本馆 CIP 数据核字第 2024GP3399 号

燕赵秀林丛书·文学

杜撰之花

DUZHUAN ZHI HUA

作　者　艾　蔻

出 版 人　董素山　汪雅瑛

责任编辑　汪雅瑛　崔　璇

装帧设计　李关栋

出版发行　河北出版传媒集团

河北教育出版社　http://www.hbep.com

（石家庄市联盟路 705 号，050061）

印　　制　石家庄名伦印刷有限公司

开　　本　787 mm×1092 mm　　1/16

印　　张　9.5

字　　数　103 千字

版　　次　2024 年 9 月第 1 版

印　　次　2024 年 9 月第 1 次印刷

书　　号　ISBN 978-7-5545-8858-1

定　　价　48.00 元